_____ 님이
살아갈 모든 순간은
소중합니다.

인생은 짧고
월요일은 길지만
행복은 충분해

시인 김용택의 인생 100시,
삶이 모여 시가 된다

인생은 짧고
월요일은 길지만
행복은 충분해

김용택 지음

테라코타

당신의 인생은
지금 어느 시간을
지나고 있나요?

열일곱 살이라고 해서 인생을 모르는 것도 아니다.
나이 예순이라고 해서 인생을 다 안다고 말할 수도 없다.
알 수 없는 게 인생이다.
삶은 다 거기가 거기다.
우리 모두 자기의 삶을 살아가고 있다.
당신의 인생은, 지금 어느 시간을 지나고 있나요.

2022년 여름 김용택

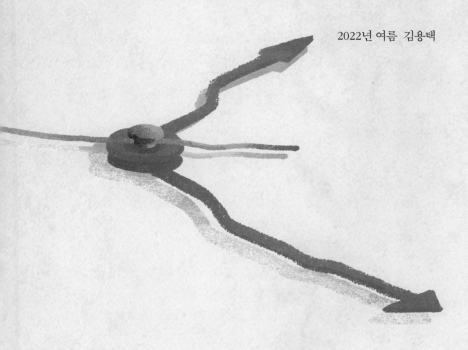

버릴 것 하나 없는
그 평범하고 소중한 날들

O zero-year olds

흘러가는 저기 저 흰 구름에게
마음을 실어주면
이 세상 처음이었던 내가 보인다.
처음은 다 환했다.

김용택, 〈처음은 다 환했다〉 중에서

인생은 짧고
월요일은 길지만
행복은 충분해

밤하늘의 수많은 별들이 반짝이듯이
나도 별 하나로 이 세상에 왔다.

별들은 서로 반짝인다.

살아간다는 것은, 어쩌면
우리가 왔던 '처음'을, 찾는 일인지도 모른다.

"나는 이름이 없어요.
태어난 지 이틀밖에 안 되었거든요."
"너의 이름을 뭐라고 부를까?"
"기쁨이 제 이름이랍니다."

●

월리엄 블레이크, 〈아기의 기쁨〉 중에서

인생은 짧고
월요일은 길지만
행복은 충분해

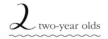

아빠 얼굴 조금
엄마 얼굴 조금

아가 얼굴 속에
숨어 있어요.

김원석, 〈아가의 얼굴〉 중에서

신규야 부르면
코부터 발름발름
대답하지요.

신규야 부르면
눈부터 생글생글
대답하지요.

박목월, 〈아기의 대답〉

인생은 짧고
월요일은 길지만
행복은 충분해

어머니가 늘 그러셨다.
아침노을 뜨면 가물단다.
아침노을이 떴다가 진다.
아침노을이 날 보며
어머니는 어디 계시냐고 물었다.
알면서 물어보시냐고
내가 웃기만 했더니 안다고 웃어 주었다.
혼자 놀다 자다 깨어 울면
마당에 들어서며
아이고, 내 새끼 혼자 잘 놀았어.
배고팠구나. 배가 고팠구나.
젖을 물려 주시던 우리 어머니.

4 four-year olds

너는 자라고
또 자라지
그런 모습 지켜보면
이 엄마도
쑥쑥
쑥쑥
옆에서 함께 자란다

•

수잔 폴리스 슈츠, 〈내 소중한 아이〉 중에서

5 five-year olds

나뭇가지에 매달려 있는 게 뭐지?
나뭇잎.

나뭇잎에 매달려 있는 게 뭐지?
물방울.

엄마한테 매달려 있는 게 뭐지?
나!

●
신새별 〈매달려 있는 것〉 중에서

인생은 짧고
월요일은 길지만
행복은 충분해

엄마하고 애길 하면
나는
말이 술술 나온다.

그리고 엄마하고 자면
나는
자면서도 엄마를 꿈에 보게 된다.

•

박목월, 〈엄마하고〉 중에서

아이야
초롱초롱한 눈으로
나비를 쫓지 말아라
빛의 끝자락에서 녹아내릴
슬픔을
쫓지 말아라

호소다 덴조, 〈나비의 행방〉 중에서

인생은 짧고
월요일은 길지만
행복은 충분해

아이들이 바람에 날리는 꽃잎을 따라다닌다.
가벼이 떠서 나는 나비떼 같다.
저 오래된 인류의 희망, 꽃 이파리들이 하얗게 굴러 다니는,
아이들이 뛰노는 땅에 엎드려 입 맞춥니다.

노는 게 좋고
엄마가 좋고
지금이 좋다
그냥 참 좋다

·

정홍, 〈그냥 좋다〉

인생은 짧고
월요일은 길지만
행복은 충분해

"나는 엄마가 좋다, 왜 그냐면 그냥 좋다"
초등학교 3학년 동우가 쓴 〈사랑〉이라는 시다,

밤을 무서워하는 아이야,
얼굴을 들어 별들을 봐
무서운 밤이 없다면
저 아름다운 별들은 뜨지 않을 거야.

●

이준관, 〈밤을 무서워하는 아이에게〉 중에서

인생은 짧고
월요일은 길지만
행복은 충분해

낫자루를 바르게 쥐여 주며 아버지는 나에게 말했네.
풀이 우북한 곳을 조심해라
그런 곳에는 꽃뱀이 개구리를 기다리고 있단다.
이슬을 베지 마라. 네 별이 다친다.
풀밭에 나가 손을 베었네.
우북한 풀 속에 숨은 돌에 걸린 낫날이 내 살 속을 지날 때
캄캄한 하늘에서 별들이 부딪치는 소리를 나는 들었어.
아버지처럼 쑥을 뜯어 바위에 비벼 피 나는 손가락을 싸맸네.
쑥물이 생살에 스며들어 눈물이 핑 돌 때
풋살구 익어 가는 마을
나는 아홉 살 오동꽃은 지고 없었네.

그만하면 되었다.
내일 시험
다섯 문제에 세 문제만 하면 —
손꼽아 구구를 하여봐도
허양 육십 점이다.
볼 거 있나 공차러 가자.

•

윤동주, 〈만돌이〉 중에서

인생은 짧고
월요일은 길지만
행복은 충분해

"그만하면 되었다."

참 좋은 말입니다.
아름다운 말입니다.
기분 좋은 말입니다.
다시, 새로 시작하라는 말입니다.
용기, 용감, 용서, 희망의
물결 같은 말입니다.

그러나 지금은 듣기 힘든 말입니다.

엄마,
저 땜에 걱정 많으시죠?
어설프고 철이 없어서요.

봄이 왔다고 다 서둘러
꽃이 피나요?
늦게 피는 꽃도 있잖아요.
…
나도 느림보
늦게 피는 꽃이라면
자라날 시간을 주세요.
조금만
조금만 더
기다려 주세요.
철들 시간이 필요해요.

김마리아, 〈늦게 피는 꽃〉 중에서

인생은 짧고
월요일은 길지만
행복은 충분해

다시 그때로 돌아간다면,
좀 더 천천히 철들고 싶어요.
다시 그 나이가 된다면,
바람 부는 나무를 오래 바라보고
마을을 뛰어다니고 싶어요.
징검다리를 한 번이라도 더 건너고
바람 따라 쓰러지는 풀밭을
오래 바라보고 싶어요.
흘러가는 강물에 손을 담그고
내 마음을 풀어 보내고 싶어요.

내가 지금 정말 그럴 수는 없지만요.

토라진 네 마음과
내 마음 사이에
무지개 뜨면 좋겠다

유강희, 〈무지개 뜨면 좋겠다〉 중에서

인생은 짧고
월요일은 길지만
행복은 충분해

너에게 가는 무지개다리를 띄우고
지금 그리로 건너가고 싶다.

네가 사는,
아름다운 나라
그 나라
우리나라로.

자다가 눈을 떴어
방안에 온통 네 생각만 떠다녀
생각을 내 보내려고 창문을 열었어
그런데
창문 밖에 있던 네 생각들이
오히려 밀고 들어오는 거야

어쩌면 좋지.

윤보영, 〈어쩌면 좋지〉

인생은 짧고
월요일은 길지만
행복은 충분해

어쩌면 좋지?
어쩌면 좋다지?
결심도 작정도 결정도 다 소용없는
이 마음을 지금 어쩌지?
어쩐다지? 하면서

너에게로 달려가는 마음을
나는 지금 잡지 못한다.

할머니는 이제껏
언제가 제일 행복했어?

열네 살의 어느 날
나는 문득 물었다
할머니가 참말로 쓸쓸해 보이던 날

지나온 세월을 이리저리 더듬으며
천천히 생각하실 줄 알았는데
할머니는 의외로 단번에 대답하셨다
"아이들을 화로에 둘러앉혀 놓고
떡을 구워줬을 때"

○

이바라기 노리코, 〈답〉 중에서

인생은 짧고
월요일은 길지만
행복은 충분해

지금은 없는 우리 할머니 이야기는
이 세상 다 잠재울 비단 이불처럼
포근했습니다.
화롯가에 앉아 옛이야기를 들려 주시던
우리 할머니는 우리 마을 뒷동산에
둥근 무덤이 된 지 오래되었답니다.
설날 아침이면 나는
뒷동산 할머니 무덤 앞에 엎드려 큰절합니다.

길고 긴 겨울밤
할머니가 이야기하는 법을
내게 가르쳐 주었거든요.

지금 나는 혼자가 아니다
손수건 하나를 사도
'나의 것'이라 하지 않고
'우리의 것'이라 말하며 산다

세상에 좋은 일만 있으라
너의 활짝 핀 웃음을 보게
세상엔 아름다운 일만 있으라

'참된 친구'
이것이 너의 이름이다

●

신달자, 〈참된 친구〉 중에서

인생은 짧고
월요일은 길지만
행복은 충분해

마음은 마음이 알아서
마음이 가면 마음이 옵니다.
우리집 고양이 보리도 이따금
내 마음을 아는 것 같은 눈으로
나를 바라봅니다.

내 마음이 그것을 알고 참치를 주지요.
아무리 힘이 센 것도, 지금 내 마음은 이기지 못합니다.

누구에게나
재능은 있습니다

그런데 드문 것은
그 재능이 이끄는
암흑 속으로
따라 들어갈 수 있는

용기입니다.

•

에리카 종, 〈재능〉

인생은 짧고
월요일은 길지만
행복은 충분해

봄에 핀 작은 풀꽃들은 우리가 사는 이 세상의 신호 같지요.
나는 이 작은 꽃들 곁에 엎드려 시를 썼습니다.
아니, 내가 시를 쓴 것이 아니라 꽃들이
이렇게 저렇게 시를 쓰라 가르쳐 주었지요.
나는 그들이 불러 준 말을 받아 적었을 뿐입니다.

절벽 가까이 나를 부르시기에
아무런 의심 없이 다가갔습니다

절벽 끝으로 가까이 오라고 하셔서
더 가까이 다가갔습니다

그러자 절벽에 겨우 발붙이고 서 있던 나를
절벽 아래로 가차없이 밀어 버리셨습니다

그 절벽 아래로 나는
그만 떨어졌습니다

그때야 나는 비로소
내가 날 수 있다는 사실을 알았습니다.

크리스토퍼 로그, 〈나는 날 수 있다〉

인생은 짧고
월요일은 길지만
행복은 충분해

이 세상에 봄이 와서 풀과 나무에 꽃이 피듯이 당신 속에도 꽃이 숨어 있습니다. 아니, 꽃 속에 당신이 숨어 있습니다. 그러나 지금 당신이 믿는 그 생각으로는 꽃 한 송이 피우지 못합니다. 지금 옳다고 생각하는 그 생각을 한번 놓아 버리세요. 당신의 모든 것을 버릴 용기가 그대 속에도 숨어 있습니다. 그 용기가 저기 저 꽃이 됩니다.

당신은 지금 그 생각을 고칠 결정의 순간에 서 있습니다.

만약에 적이든 친구든 상처받지 않을 수 있다면
만약에 모두가 너와 함께 하지만
그들이 너를 너무 의존하지 않게 만들 수 있다면

만약에 견디기 힘든 1분의 시간을
가치 있는 일로 채울 수 있다면

이 세상 모든 것은 다 네 것이다.
너는 비로소 한 사람의 어른이 되는 것이다.

러디어드 키플링, 〈만약에〉 중에서

내 인생은 수정으로 된 계단이 아니었다
계단에는 못도 떨어져 있었고 가시도 있었다
판자에는 구멍이 나 있었지
바닥에는 양탄자도 깔려 있지 않았다
전부 맨바닥이었어
그러나 나는 지금까지
쉬지 않고 계단을 올라왔다
…

인생은 짧고
월요일은 길지만
행복은 충분해

그러니 애야, 절대 돌아서지 말아라
계단 위에 주저앉지 말아라
지금 잠시 힘든 것일 뿐
너도 곧 그 사실을 알게 될 테니까
지금은 쓰러질 때가 아니란다
애야, 나는 지금도 가고 있다
아직도 계단을 오르고 있다
인생은 수정으로 만든 계단이 아니었는데도

•

랭스턴 휴즈, 〈어머니가 아들에게〉 중에서

길 가다
꽃 보고

꽃 보다
해 지고

내 나이
스무 살

세상이 너무
사랑스러워

●

곽재구, 〈스무 살〉 중에서

인생은 짧고
월요일은 길지만
행복은 충분해

스무 살 강길을 혼자 걸으며 울었다.
혼자라는 생각과 걷는다. 라는 말이
그렇게 서러울 수가 없었다.
그날 그때는 내 서러움이 세상의 전부였다.

삶의 모든 순간이
한 편의 시처럼 오랫동안 빛난다

내 나이 스물한 살 때
어떤 현자가 이런 말을 했다.
"진심 어린 마음은
결코, 헛되이 얻는 것이 아니란다.
그 사랑은 수많은 한숨의 대가이고
끝없는 후회의 열매란다."
지금 내 나이 스물두 살
그 말이 진리인 것을 알게 되었다.

앨프리드 하우스먼, 〈내 나이 스물한 살 때〉 중에서

인생은 짧고
월요일은 길지만
행복은 충분해

괴테는 말했습니다.

"모든 것은 젊었을 때 구해야 한다. 젊음은 그 자체가 하나의 빛이다."

모든 것을 잃어도 되고 모든 것을 버려도 되는 나이,

그러나 절대 놓치면 안 되는 것을 알 내 나이 스물한 살.

내일은 누군가에게 건네 보라.
네가 여태껏 본 적이 없는 미소를.
내일은 다른 사람을 생각하라.
네가 연민을 느끼고 있던 사람을.

내일은 누군가에게 말을 걸어 보라.
너의 하루를 밝게 빛나게 할 사람에게
무조건 친절한 인사말을 건네 보라.
너의 감정을 드러내라.

•

미첼 마크, 〈내일〉 중에서

인생은 짧고
월요일은 길지만
행복은 충분해

누군가에게
마음을 다해 친절했던 적이 있었는가?
아무 조건도 없이
그 누군가에게
따뜻한 정을 나누어 준 적이 한 번이라도 있었는가?
아마 당신은 늘 그랬을 것이다.

오늘, 당신의 하루가
이렇게 빛나고 있는 걸 볼 수 있는 당신이라면.

꿈을 붙잡으세요.
꿈이 죽어 버린다면
삶은 날개가 부러져
날지 못하는 새가 되지요.

꿈을 붙잡으세요.
꿈이 사라지게 되면
삶은 눈 내려 얼어붙은
황량한 들판이 되지요.

랭스턴 휴즈, 〈꿈〉

인생은 짧고
월요일은 길지만
행복은 충분해

세상에 홀로 서야 할 나이가 있다.
세상으로 나가는 모든 아들딸들에게 어버이들은 말한다.
너를 잡고 있는 이 밧줄을 이제 놓아 주마.
너는 이제 저 넓고 넓은 망망대해를 홀로 나가야 한다.
거친 파도, 눈보라와 바람이 몰아칠 것이다.
삿대를 절대 놓지 말거라.
그러면 모든 난관과 시련을 이기고 네가 살고 싶은 땅을
걸어가고 있을 것이다.
네가 혼자라고 생각할 때, 우리가 모두 너의 편이 된다.

당신은
생각하는 대로
살아야 한다.

그렇지 않으면
당신은 머지않아

사는 대로
생각하게 된다.

●

폴 부르제, 〈당신은〉

인생은 짧고
월요일은 길지만
행복은 충분해

사는 대로 생각하면
지금 사는 것처럼 살게 된다는 말은
지금의 나에게 한 말입니다.
내가 지금 힘이 드는 것은
내가 하고 싶은 일을 시작하지 않고
있기 때문입니다.
생일날 잘 먹겠다고 열흘을 굶었더니
생일날 아침에 죽더랍니다.
힘이 드는 일이지만
내일로 미룰 것은 내일뿐입니다.
지금이 좋아야 내일이 좋습니다.
지금이 내일입니다.

두 번은 없다.
지금도 그렇고
앞으로도 그럴 것이다.
그러므로 우리는
아무런 연습 없이 태어나서
아무런 연습 없이 죽는다.

비스와봐 쉼보르스카, 〈두 번은 없다〉

인생은 짧고
월요일은 길지만
행복은 충분해

어떤 연주자는 이런 말을 했습니다.
"난 연습하지 않는다. 늘 연주할 뿐이다."
내가 태어난 곳에서 나는 평생 같은 길을 걷고 있지만,
같은 아침이 없다는 것을 알았습니다.
지금을 내 것으로 만들어야
이다음이 내 것이 됩니다.
지나간 시간은 돌아오지 않습니다.
삶에는 연습이 없습니다.

사랑하는 시간을
따로 떼어 두어라,
인생이 너무 짧기 때문이다.

●

로버트 브라우닝, 〈인생이 너무 짧기 때문〉 중에서

문득 아름다운 것과 마주쳤을 때
지금 곁에 있으면 얼마나 좋을까, 하고
떠오르는 얼굴이 있다면 그대는
사랑하고 있는 것이다.

이문재, 〈농담〉 중에서

인생은 짧고
월요일은 길지만
행복은 충분해

맛있는 것,
아름다운 것을 보면
생각나는 사람
가장 기쁠 때
가장 힘들 때
내게 정말 뭘 것같이 좋은 일이 있을 때
제일 먼저 떠오르는
그 사람이
내가 사랑하는 사람이다.

절망하지 마라.
비록 당신의 상황이
절망할 수밖에 없다고 해도

절망하지 마라.
이미 일이 끝장난 것 같아도
결국은 또다시 새로운 힘이 생겨난다.

프란츠 카프카, 〈절망하지 마라〉 중에서

인생은 짧고
월요일은 길지만
행복은 충분해

캄캄한 절망의 끝에서 살아나는 바늘 끝 같은 불빛이 있다.
그 불빛은 당신이 만든 불빛이다.
당신이 만든 불빛은 꺼지지 않는다.
꺼지지 않은 당신의 불빛으로 당신의 길을 간다.

이 세상 모든 것들은 다 끝에서 시작되었다.

하루에도 백 번이나
꽃처럼 많은 생각이 피어난다.
피는 대로 두어라. 되는대로 되라지.
…
꽃이 활짝 다 피는 일도 있어야 한다.
그렇지 않으면 세상 살기가 넉넉하지 않고
사는 데 재미가 없어질 것이다.

헤르만 헤세, 〈만발한 꽃〉 중에서

인생은 짧고
월요일은 길지만
행복은 충분해

나도 꽃이고 싶어서

나도 꽃같이 아름다워지고 싶어서

나도 저 꽃처럼 내 인생의 꽃을 피우고 싶어서

그래서 사람들은 생의 중심과 절정을 꽃이라고 말한다.

나는 지금 세상의 복판에 있다.

지금껏으로도 많이 살았다 싶은 것은 찬란을 배웠
기 때문
그러고도 겨우 일 년을 조금 넘게 살았다는 기분이
드는 것도
다 찬란이다

●

이병률, 〈찬란〉 중에서

오늘도 한 가지
슬픈 일이 있었다
오늘도 또 한 가지
기쁜 일이 있었다

웃었다가 울었다가
희망했다가 포기했다가
미워했다가 사랑했다가
……

그리고 이런 하나하나의 일들을
부드럽게 감싸주는
헤아릴 수 없이 많은
평범한 일들이 있었다.

호시노 토미히로, 〈일일초〉 중에서

인생은 짧고
월요일은 길지만
행복은 충분해

하루가 지나면 또 하루가 와 있다.
하루로 하루를 살았다.
아무것도 아닌 것 같은 나날들이
당신을 지금 여기에 세웠다.
문득, 하던 일을 멈추고
바로 앞에 앉아 열심히 일하는 사람들을 둘러보라.
저이의 모습이 지금의 나다.
우리는 모두를 이렇게 지키며 하루를 만들어 간다.
우리 모두 이렇게 사랑을 배워
어깨 걸고 우리를 만들고 또 내일을 만든다.
당신은 지금 당신이 생각한 것보다 잘 살고 있다.

일어나야 할 모든 일은 일어날 것이고
그 일들로부터 우리를 지켜주는 사람은 아무도 없다.
흐르는 물 위에 가만히 몸을 맡겨 보라.
그리고 아침에는 빵 대신 시를 먹어라.
완벽주의자가 되려 하지 말고
경험주의자가 돼라.

엘렌 코트, 〈초보자에게 주는 조언〉 중에서

인생은 짧고
월요일은 길지만
행복은 충분해

목마른 대지에 비 내린다.
강 건너 마을 뒤에 은행나무도 샛노랗게 물든다.
산이, 강이, 바위가 빈 들이, 물든다.

그러나
내 마음이 물들지 않는다면
저 아름다운 가을이 내게 무슨 소용이겠는가.

해답은 없습니다.

앞으로도 영원히
해답이 없을 것이고

지금까지도 어떠한
해답이 없었습니다.

이것이 바로 인생의
유일한 해답입니다.

거트루드 스타인, 〈인생의 해답〉

인생은 짧고
월요일은 길지만
행복은 충분해

"삶이 너에게 해답을 가져다줄 것이다"라는
시 구절이 있다.
"지금 알고 있는 것을 그때도 알았더라면"이라는
시 구절도 있다.
지금 당신이 식탁에 앉아 밥을 먹고 있다면,
그것이 삶의 답이다.

'맛있는 밥'이 지금 당신의 정답이다.

한순간이라도
당신과
내가
바뀌었으면 좋겠어요.
그래야 당신도
알게 될 테니까요.
내가
당신을
얼마나 사랑하는지.

D.포페, 〈단 한순간만이라도〉

인생은 짧고
월요일은 길지만
행복은 충분해

이 세상에 낡을수록 좋은 것은 사랑뿐이어서 오래된 나의 사랑
노래들이 푸른 싹으로 돋아난다. 사랑은 끊임없이 샘솟는 물과
같아서 늘 새로운 노래가 되어 세상을 울린다.

35 _thirty-five-year olds_

세상 일이 하도 섭해서
그리고 억울해서
세상의 반대쪽으로 돌아앉고 싶은 날
아무도 모르는 곳으로
숨어버리기라도 하고 싶은 날
내게 있었소
아무한테서도 잊혀지고 싶은 날
그리하여 소리내어 울고 싶은 날
참 내게는 많이 있었소

나태주, 〈세상 일이 하도 섭해서〉

인생은 짧고
월요일은 길지만
행복은 충분해

삶은 길가에 서 있는 미루나무 잎을 스쳐가는 바람 같은 것인지
도 모른다. 그래서 사람들은 한 계절의 모퉁이를 돌며 자기의 지
금을 생각하고 들여다보며 쓸쓸해 하고 외로워하는지 모른다.

날마다 하루는
반가운 초대
아침이 밝아 오면
새로운 삶이 당신을 기다린다.
…

낡은 하루가 가고
새 하루가 찾아왔다.
오늘 하루가 어떤 하루일지는
당신에게 달려 있다.
…

오늘의 삶을 스스로 선택해 본다.

안젤름 그륀, 〈하루를 살아도 행복하게〉 중에서

너무나 많은 일
너무나 많은 정보
그리고 너무나 많은
스트레스

하지만
너무나 부족한 침묵
너무나 부족한 고요함
그리고 너무나 부족한
성찰.

앨런 긴즈버그, 〈너무나 많고 부족한〉 중에서

인생은 짧고
월요일은 길지만
행복은 충분해

아무리 가파른 길이라도
내 앞에
누군가는 이 길을 지나갔을 것이다.

아무도 걸어가지 않은
그런 길은 없다.

나의 어두운 시간이
비슷한 길을 가는
모든 사람에게
도움을 줄 수 있기를.

메기 베드로시안, 〈그런 길은 없다〉

사십이 되면
더 이상 투덜대지 않겠다
이제 세상 엉망인 이유에
내 책임도 있으니
…
나 혼자 남아
하루 세 시간 출퇴근하고
열두 시간 일하고
여섯 시간 자고
남은 세 시간으로
처자식을 보살핀다
혁명도 없이 지나가는 서른 아홉
지루하기도 하다

전윤호, 〈서른 아홉〉 중에서

인생은 짧고
월요일은 길지만
행복은 충분해

내일 아침 마흔이 와 있어도 두렵지 않아야 서른아홉이다.

그러나 사십대는 너무도 드넓은 궁륭 같은 평야로구나.
한없이 넓어, 가도 가도
벽도 내리받이도 보이지 않는,
그러나 곳곳에 투명한 유리벽이 있어,
재수 없으면 쿵쿵 머리방아를 찧는 곳

그래도 나는 단 한 가지 믿는 것이 있어서
이 마흔에 날마다, 믿는 도끼에 발등을 찍힌다.

●
최승자, 〈마흔〉 중에서

인생은 짧고
월요일은 길지만
행복은 충분해

세월이라는 두께와 깊이가 쌓여 갈수록 나는 점점 더
자유로워질 수 있습니다.
아! 이게 자유구나! 자유를 얻는 나이,
당신의 가치를 확실하게 확인하는 나이,
마흔입니다.

오늘 아침,
내가 크게 달라지지 않았다는 것을 아는 나이도
마흔입니다.

하루하루 매 순간은 사라지는 게 아니라
당신의 삶으로 채워지면서 쌓여 간다

오르막길이 계속 이어지나요?
그래요, 끝까지 그래요.
오늘 여정은 종일 걸릴까요?
아침에 떠나 밤까지 가야 해요.

그렇지만 밤에 쉴 곳은 있겠지요?
서서히 해가 저물기 시작하면 쉴 곳이 보이지요.

크리스티나 로제티, 〈오르막길〉 중에서

인생은 짧고
월요일은 길지만
행복은 충분해

한 달이 크면 한 달이 작고
올라갈 때가 있으면 내려갈 때가 있다.
이제 되었다고 평지를 걷다 보면 또 오르막이다
살아온 삶을 이고 지고 우리는 오르막길을 또 올라가야 한다.
그것을 사람들은 인생이라고 했다.

42 *forty-two-year olds*

이게 아닌데
이게 아닌데
사는 게 이게 아닌데
이러는 동안
어느새 봄이 와서 꽃은 피어나고
이게 아닌데 이게 아닌데
그러는 동안 봄이 가며
꽃이 집니다
그러면서,
그러면서 사람들은 살았다지요
그랬다지요

●

김용택, 〈그랬다지요〉 중에서

어떤 해로운 일이 이 집 문턱을 넘지 못하게 하시고
어떤 불길한 일도 이 집 창문 틈을 엿보지 못하게 하시며
천둥과 소나기도 이 집을 피해 가게 하소서.
…
웃음소리로 고함이 들리지 않게 하여 주시고
비록 낮은 울타리라 하더라도
그것이 미움 대신 사랑을 붙들어 주는
튼튼한 방패막이가 되게 하소서.

루이스 언터마이어, 〈이 집을 위한 기도〉 중에서

인생은 짧고
월요일은 길지만
행복은 충분해

고립은 사람을 강하게 단련시키고 성숙시키기도 합니다. 인생은 때로 외로움의 집이기도 하니까요. 벌레가 집을 짓고 홀로 긴 겨울을 보내는 것처럼, 고립은 자신을 스스로 가두고 정신을 단련시킵니다. 세상으로 나가기 위한 자발적인 훈련입니다. 집은 때로 성역입니다.

"세상이란 원래 그런 거야.
그냥 흘러가는 대로 두는 사람이 현명해.
질 때도 있고, 이길 때도 있지.
이기든 지든 별 차이가 없단다."

도로시 파커, 〈베테랑〉 중에서

인생은 짧고
월요일은 길지만
행복은 충분해

나에게는 사랑하는 가족이 있습니다.
나는 우리 가족에게 나의 아픔을 낱낱이
이야기 할 수 있습니다.
이 하나만으로도 내가 얼마나 행복한 사람인 줄
이제야 알았습니다.

정용철, 〈이것 하나만으로도〉 중에서

이것이 무슨 인생인가,
근심으로 가득 차
가던 길 멈춰 서서
잠시 주위를 바라볼 시간도 없다면

·

윌리엄 헨리 데이비스, 〈여유〉 중에서

인생은 짧고
월요일은 길지만
행복은 충분해

·
·

세상이 너무 빨리,
너무 높이,
너무 멀리 달아납니다.
나는 천천히 가렵니다.
길가에 피어 있는 풀꽃들도 보고,
겁도 없이 강물로 뛰어드는 눈송이들도 바라보고,
밭가에 앉아 자라나는 콩잎도 보면서
천천히 갈랍니다.
먼저 갈 사람들 다 가고 나는 뒤에 남아 쉬엄쉬엄 갈랍니다.
그렇게 빨리, 도대체, 모두들
어디로 가고 있는지?
그런데 혹, 어디로 가고 있는지 알고
가고 있는지요?

그대가 값진 삶을 살고 싶다면
날마다 아침에 눈뜨는 순간
이렇게 생각하라.

'오늘은 단 한 사람을 위해서라도 좋으니
누군가 기뻐할 만한 일을 하고 싶다'라고.

●

프리드리히 니체, 〈값진 삶을 살고 싶다면〉

인생은 짧고
월요일은 길지만
행복은 충분해

내가 한 일을
내가 감동해야
다른 사람도 감동한다.
모든 일은
자기 감동이 먼저다.
세상에서 당신을
가장 기쁘게 할
단 한 사람은
지금 바로 당신이다.

만약 내가 누군가의 아픔을
덜어줄 수 있다면
나 헛되이 사는 것 아니리.
…
혹은 고통 하나를 가벼워지게 할 수 있다면
나 헛되이 사는 것 아니리.

에밀리 디킨슨, 〈만약 내가……〉 중에서

인생은 짧고
월요일은 길지만
행복은 충분해

(…) 깊어지지 않으면
시간이 아니고, 마음이 아니니.
되돌아보는 일의 귀중함이여
마음은 싹튼다 조용한 시간이여.

●

정현종, 〈지난 발자국〉 중에서

오늘 아침, 쉰이 되었다, 라고 두 번 소리내어 말해보았다
서늘한 방에 앉았다가 무릎 한번 탁 치고 빙긋이 혼자 웃었다
이제부턴 사람을 만나면 좀 무리를 해서라도
따끈한 국밥 한 그릇씩 꼭 대접해야겠다고, 그리고
쓸쓸한 가운데 즐거움이 가느다란 연기처럼 솟아났다

이면우, 〈오늘, 쉰이 되었다〉 중에서

인생은 짧고
월요일은 길지만
행복은 충분해

•
•

강에 나가 보았다.
비가 강을 걸어 건너간다.
건너간 빗방울들이 마을을 뒤돌아본다.
마치 내가 지금도 거기
서 있다는 것을 믿고 있다는 듯이
당신은 지금 살아온 자리 그 자리 그곳에서 빛나고 있다.

지금 사랑한다고 말하라.

우리 살아가는 일 속에
파도치는 날 바람 부는 날이
어디 한두 번이랴
그런 날은 조용히 닻을 내리고
오늘 일을 잠시라도
낮은 곳에 묻어두어야 한다
…
사랑하는 이여
상처받지 않은 사랑이 어디 있으랴
추운 겨울 다 지내고
꽃필 차례가 바로 그대 앞에 있다

김종해, 〈그대 앞에 봄이 있다〉 중에서

인생은 짧고
월요일은 길지만
행복은 충분해

꽃도 안 핀다.
시도 안 온다.
뒷산 돌들도 구르지 않는다.
쓸쓸함마저, 모두 어디 갔는지
메마른 가지에 흰 서리가 슬고
감정은 말라붙었다.
하루 종일
나무들이 나무를 무심히 바라보고
서 있다.

마음껏 슬퍼하라.
진정 슬픈 일에서 벗어날 유일한 길이니
두려워 말고, 큰소리로 울부짖고 눈물 흘려라.
눈물이 그대를 약하게 하지 않을 것이다.
…
상처가 사라지면
눈물로 얼룩진 옛 시간을 되돌아보며
아픔을 이기게 해준
눈물의 힘에 감사할 것이다.

두려워 말고, 마음껏 소리치며 울어라.

메리 캐서린 디바인, 〈마음껏 울어라〉 중에서

인생은 짧고
월요일은 길지만
행복은 충분해

창문이 밝아오자 창문을 열고
별들을 내다보았다.
나무들이 곳곳에서 반듯하였다.

강을 건너 강길을 걸었다.
어린 쑥들이 마른 풀밭 잔돌 곁에서 돋아났다.
서리가 녹아 돌도 쑥도 젖었다.

누가 텃밭을 파는지
흙을 파고드는 호미 끝에 자갈 닿는
소리가 마을에서 들려왔다.

등이 따뜻할 때까지 강가에 앉아 있다가 왔다.

무엇인가를 두고 온 것 같아
강 건너 그곳을 한번 건너다보았다.

하늘나라에 가 계시는
엄마가
하루 휴가를 얻어 오신다면
…
엄마!
하고 소리내어 불러보고
숨겨놓은 세상사 중
딱 한 가지 억울했던 그 일을 일러바치고
엉엉 울겠다

•

정채봉, 〈엄마가 휴가를 나온다면〉 중에서

인생은 짧고
월요일은 길지만
행복은 충분해

오늘 밖에서 있었던 억울한 일을 생각하며
"엄마!" 하고 불러 봅니다.
우리에게는 아무리 불러도 닳지 않는 '엄마'가 있었습니다.
오늘 학교에서 누가 나를 때렸다고
울며불며 일러바칠 엄마가 있었습니다.

속도를 늦추었다
세상이 넓어졌다
속도를 더 늦추었다
세상이 더 넓어졌다
아예 서 버렸다
세상이 환해졌다

유자효, 〈속도〉

인생은 짧고
월요일은 길지만
행복은 충분해

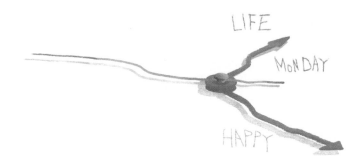

시멘트 길바닥을 기어가는
민달팽이에게는 도달의 의미가 없다.
삶은 도중(途中)에 있다.

55 fifty-five-year olds

여기 나비 한 마리가 보여주는
본보기가 있다.
거칠고 단단한 바위 위에도
행복하게 앉아 있는 나비.
...

내 침상이 지금 딱딱하더라도
나 또한 개의치 않으리.
나도 이 작은 나비처럼
내 기쁨을 만들어가리.
나비의 행복한 마음은
바위를 꽃으로 만드는 힘이 있으니.

●

월리엄 헨리 데이비스, 〈본보기〉 중에서

인생은 짧고
월요일은 길지만
행복은 충분해

나비는 날개를 펼 때 바람을 사용하지 않습니다.
스스로 바람을 만들어 날아오릅니다.
그것을 사람들은 '나비 효과'라고 합니다.

당신의 손을 잡는 순간
시간은 체온 같았다
오른손과 왼손의 온도가
달라지는 것이 느껴졌다
손을 놓았다
가장 잘한 일과
가장 후회되는 일은
다르지 않았다

장승리, 〈체온〉

우리의 삶에 뛰어넘어야 할 아무런 장애물이 없다면,
그것을 넘고자 시도해 보는 즐거움은 사라진다.

어두운 골짜기를 지나가는 고난이 없다면,
산 정상에 서는 기쁨도 사라진다.

헬렌 켈러, 〈삶의 기쁨〉

인생은 짧고
월요일은 길지만
행복은 충분해

살다 보면

모든 것들이 시들해질 때가 있다.
나는 있는 힘을 다하여
겨우,
강까지 걸어간다.
내 삶의 끝에서는 늘
흐르는 강물이 있었다.

생각으로는 문제를 풀 수 없다.
오히려 문제를 더욱 복잡하게 만들 뿐
해답은 언제나 스스로 우리를 찾아온다.
복잡한 생각에서 조금 벗어나
고요함 속에 진정으로 존재하는
바로 그 순간에 온다.
비록 찰나에 지나지 않는다고 할지라도
그 순간 해답을 얻게 된다.

에크하르트 톨레, 〈삶이 너에게 해답을 가져다줄 것이다〉 중에서

인생은 짧고
월요일은 길지만
행복은 충분해

뒷산 그늘이 강을 건너가 앞산을 오른다.
고요하다.
고요해지자
앞산 나무들이 자세를
고치고
어디를 가만히 바라본다.
물결이 사라진 강이
내 얼굴을 가져간다.
마음이 멎었다.

언젠가는 저 모든 것들이 나를
놓아 줄 것이라는 생각을
처음 하였다.

잃어버렸습니다.
무얼 어디다 잃었는지 몰라
두 손이 주머니를 더듬어
길에 나아갑니다.
…
풀 한 포기 없는 이 길을 걷는 것은
담 저쪽에 내가 남아 있는 까닭이고

내가 사는 것은, 다만
잃은 것을 찾는 까닭입니다.

윤동주, 〈길〉 중에서

인생은 짧고
월요일은 길지만
행복은 충분해

꾀꼬리 한 마리가 앞산에서 강을 건너 마을 뒷산으로
노랗게 날아옵니다.
저 꾀꼬리도 아무 생각 없이, 저렇게 강을 건너
노랗게 날아올 리 없습니다.
참새가, 뻐꾸기가, 물까치가, 뱁새가, 그냥 울 리 없습니다.

나비가 우리 집 담을 넘어온 까닭은
담 밑에 수국꽃이 피고 있기 때문입니다.

60 sixty-year olds

사람이, 사는 것이
별것인가요?
다 눈물의 굽이에서 울고 싶고
기쁨의 순간에 속절없이
뜀박질하고 싶은 것이지요.

사랑이, 인생이 별것인가요?

•

김용택, 〈인생〉

인생은 짧고
월요일은 길지만
행복은 충분해

오늘부터 무직이 되었다.

환갑에 무직, 정말 좋은 말이다.

뭐든 내 맘대로 하자.

혼자도 좋다. 혼자 잘 놀자.

아주 심심하게 놀자.

싫은 일은 하지 말자.

이것이 내가 무직이 된 퇴직 첫날 아침

첫째 다짐이다.

지나고 보면 가장 좋은 일과
나쁜 일은 다르지 않았다

경쟁에서 패했는가?
웃어넘겨라.
…
일이 꼬이는가?
웃어넘겨라.
벼랑 끝에 몰렸는가?
웃어넘겨라.

당신이 찾는 것이 분별력이라면
웃음 이상의 비결은 없다.
웃어넘겨라.

●

헨리 러드퍼드 엘리엇, 〈웃어넘기세요〉 중에서

인생은 짧고
월요일은 길지만
행복은 충분해

62 sixty-two-year olds

간절히 기다리는
사람들에겐 너무 느리고

심히 두려워하는
사람들에겐 너무 빠릅니다

깊은 슬픔에 잠긴
사람들에겐 너무 길고

무한한 기쁨에 들뜬
사람들에겐 너무 짧습니다

하지만 열렬히 사랑하는
사람들에게 시간은 그렇지 않습니다.

●

헨리 반 다이크, 〈시간〉

네가 보낸 마지막 편지를 읽기 위해선 이제
돋보기가 필요한 나이,
늙는다는 것은
사랑하는 사람을 멀리 보낸다는
것이다.
머얼리서 바라볼 줄을
안다는 것이다.

●

오세영, 〈원시遠視〉 중에서

인생은 짧고
월요일은 길지만
행복은 충분해

잠깐 멈추어도 좋은 때

해 저문 창가에 서서 엘가의 '사랑의 인사'를 듣고 있을 때

그때, 바람 불어라!

64  sixty-four-year olds

만약 내가 인생을 다시 산다면
이번에는 더 많이 실수하겠습니다
느긋하고 유연하게 살겠습니다
그리고 좀 더 철없이 굴겠습니다
되도록 심각해지지 않고
더 많은 기회를 놓치지 않겠습니다
....
그러나 만약 내가 인생을 다시 산다면
의미 있는 순간을 더 많이 붙잡겠습니다
그 순간 외엔 다른 건 아무것도 하지 않겠습니다
긴 세월을 미리 걱정하지 않고
매 순간 즐기며 살겠습니다

...

나딘 스테어, 〈만약 내가 인생을 다시 산다면〉 중에서

인생은 짧고
월요일은 길지만
행복은 충분해

어둠이 산을 타고 강에 내린다.
어둠이 나를 덮어 주는구나.
오늘을 살았다.

큰 슬픔이 거센 강물처럼 네 삶에 밀려와
마음의 평화를 산산조각 내고
가장 소중한 것들을 네 눈에서 영원히 앗아갈 때면
네 가슴에 대고 말하라
'이 또한 지나가리라'

랜터 윌슨 스미스, 〈이 또한 지나가리라〉 중에서

나이가 든다는 것은 용서할 일보다
용서받을 일이 많아지는 것이다.
나이가 든다는 것은 보고 싶은 사람보다
볼 수 없는 사람이 많아지는 것이다.

김재진, 〈나이〉 중에서

인생은 짧고
월요일은 길지만
행복은 충분해

강물로 사라지는 눈송이들은 흔적이 없네.
내 모든 것들이 그렇게 왔다가 그렇게 갔네.
가는 세월 잡지 못했고
오는 세월 말리지 못했네.
봄날이 소리 없이 왔다가 소리 없이 가면
강가에는 바람만 남았네.

산 너머 저쪽 하늘 저 멀리
행복이 있다고 말들 하건만
남 따라 행복을 찾아갔다가
눈물만 글썽이며 돌아왔네.
산 너머 저쪽 하늘 저 멀리
행복이 있다고 사람들은 말들 하건만.

칼 붓세, 〈산 너머 저쪽〉

인생은 짧고
월요일은 길지만
행복은 충분해

어떤 말 한마디 없어도
당신은 나에게 오늘을 주었다
잃어버릴 것 없는 시간을 주었다
사과를 수확한 사람들의 미소와 노래를 주었다
어쩌면 슬픔도
우리 위에 펼쳐진 푸른 하늘에 숨은
저 목표도 없는 것에 거슬러서

그래서 당신은 자신도 모르는 새
당신 영혼의 가장 맛있는 부분을
나에게 주었다

다니카와 슌타로, 〈영혼의 가장 맛있는 부분〉 중에서

혼자 있을 때
생각은 나를 꾸짖어 준다.
아직 덜된 나에게
나이값을 하라고
타일러 준다.

엄기원, 〈혼자 있을 때〉 중에서

인생은 짧고
월요일은 길지만
행복은 충분해

살을 다 발라버린,

고기처럼

마음이 앙상하고

초라해 질 때가 있다.

모든 것들이 다 떠난 뒤다.

예순하고도 십 년을 더한 나의 삶에서
스무 살 청춘은 돌아오지 않으리
일흔 번의 봄에서 스물을 빼면
고작 쉰 번이 남는구나

활짝 핀 꽃들을 보기에
쉰 번의 봄날은 충분치 않으니
나는 숲길로 가리라
눈같이 활짝 핀 벚나무 보러.

앨프리드 하우스먼, 〈가장 사랑스러운 나무〉 중에서

인생은 짧고
월요일은 길지만
행복은 충분해

나는 아직 아무것도 하지 않았다.

나는 아직 아무도 만나지 않았다.

다 지나가고, 지나가고 지나가 버렸다.

마을 앞 200년쯤 되는 느티나무 아래

앉아 있으면 나는 아직 어린애다.

나는 날마다 이 나무 아래를 지나

밖으로 나가고 집으로 돌아온다.

달이 뜨면 나무는 달 그늘로 내 나이를 숨겨 준다.

모두 행복을 찾는다고
온 세상 헤매고 있지
…
아, 바로 내 안에
내가 찾던 것 있었네
행복이란
참다운 나를
사랑하는 이와 나눌 줄 아는 것

수잔 폴리스 슈츠, 〈내 안에 내가 찾던 것 있었네〉 중에서

인생은 짧고
월요일은 길지만
행복은 충분해

내 앞에 앉아 나를 보고 있는 사람,
우주 끝까지 다 웃어 주는 사람의
눈동자 속에서 나는 행복합니다.
나는 그 눈웃음이 무슨 말을 하고 있는지 알고 있거든요.
"사랑해요. 당신", 이렇게 말해도 되는 사람이
지금 내 앞에 앉아 나를 보고 있습니다.

슬퍼하는 자는 복이 있나니
슬퍼하는 자는 복이 있나니
슬퍼하는 자는 복이 있나니
슬퍼하는 자는 복이 있나니
슬퍼하는 자는 복이 있나니
슬퍼하는 자는 복이 있나니
슬퍼하는 자는 복이 있나니
슬퍼하는 자는 복이 있나니

저희가 영원히 슬플 것이오.

•

윤동주, 〈팔복八福 –마태복음 5장 3~12〉

인생은 짧고
월요일은 길지만
행복은 충분해

어느 날 홀로 길을 걷고 있었습니다.
길을 걸으며, 내 발걸음을 내려다보았습니다.
슬펐습니다.

슬픔에 기대 보세요.
혼자도 멀리 걸어갈 수 있습니다.

하늘에 무지개를 볼 때마다
내 가슴은 뛰노니
나 어린 시절에 그러했고
어른이 된 지금도 그러하니
내가 늙어서도 그렇지 못하다면
차라리 죽음이 나으리라.

윌리엄 워즈워스, 〈내 가슴은 뛰노니〉 중에서

인생은 짧고
월요일은 길지만
행복은 충분해

푸르게 우거진 앞산으로 꾀꼬리가 울며 난다.
자기처럼, 날고 우는 일에 열중하라고.

한번 그래 보라고!
당신도 그래 보라고.
어떤 일이 일어나는지,
한번 그래 보라고.

사랑이 햇빛이면
미움은 그늘이다

인생은 햇빛과 그늘로 짜인
바둑판무늬다.

●

헨리 워즈워스 롱펠로, 〈인생은 바둑판무늬〉

인생은 짧고
월요일은 길지만
행복은 충분해

무애와 무욕, 몰입과 해방, 추락과 상승, 생과 사를 걷잡을 수 없이 넘나드는 무서운 속도와 정지, 세계를 향한 분노와 막강한 사랑, 있는가 싶으면 없고 없는가 싶으면 있는 치열한 자유, 저 충돌하는 빛의 세계, 빛처럼 사라졌다가 꺼져 버리는 것, 그것을 시인은 시로 씁니다.

세상일에 부딪혀도
마음이 흔들리지 않고
슬픔과 걱정 없이 편안한 것
이것이 더없는 행복이다.

숫타니파타 〈더없는 행복〉 중에서

해가 기울고 하루가 저물면 가만히 앉아
오늘 그대가 한 일들을 떠올려 보라
누군가의 마음을 달래 줄 따뜻한 말 한마디
세심한 배려의 행동
햇살 같은 친절한 눈빛이 있었는지를
그랬다면 그대는 오늘 하루를 잘 보냈다고 생각해도 좋으리라

조지 엘리엇, 〈오늘 그대가 한 일들을 떠올려 보라〉 중에서

인생은 짧고
월요일은 길지만
행복은 충분해

안도현이라는 시인이 쓴 이런 시가 있습니다.
"연탄재 함부로 발로 차지 마라.
너는 누구에게 한 번이라도 뜨거운 사람이었느냐.

나는 모르는 것이 많다.
다음 발길이 닿을
그곳을 어찌 알겠는가.
그래도 한걸음 딛고
…
이렇게 건널목에
서 있다.

김용택, 〈건널목〉 중에서

나는 많은 것을 배웠으나
배운 대로 살지 못했고
많은 것을 가르쳤으나
가르친 대로 살지도 못했다.
가르치고 배우는 일에 나는 괴로웠다.

너는 왜 자꾸 멀리 가려고 하느냐.
보라, 좋은 것은 가까이 있다.
네가 잡을 줄만 안다면
행복은 언제나 네 곁에 있으니.

요한 볼프강 폰 괴테, 〈충고〉

인생은 짧고
월요일은 길지만
행복은 충분해

79 seventy-nine-year olds

세월은 날 버리고 속절없이 가버리니
뜻을 품고도 펼치지 못함이
가슴이 서글프고 처량하여
이 새벽 다할 때까지 마음 가라앉질 않는구나.

●

도연명, 〈잡시〉 중에서

머리를 높이 들고
희망이란 파도를 탈 수 있는 한
그대는 여든 살이어도
늘 푸른 청춘이네.

●

사무엘 울만, 〈청춘〉 중에서

인생은 짧고
월요일은 길지만
행복은 충분해

청춘이라는 말에는 불안이란 말과 방황이란 말과 사랑이란 말과
연애라는 말과 그리고 절망이라는 말과 이별이라는 말들이 따라
다닌다. 청춘은 불완전한 말들의 소용돌이다. 허공을 떠돌다 깜
박 사라지는 눈송이 같은 말이다. 누구나 다 그렇게 열병처럼 지
나가 버린 청춘 시절의 통증과 슬픈 이야기 위에 집을 짓고 우리
는 산다.

당신의 삶은,
당신이 아는 것보다 더 좋았다

인간이라는 존재는 여인숙과 같다.
매일 아침 새로운 손님이 도착한다.

기쁨, 절망, 슬픔
그리고 짧은 순간의 깨달음이
기대하지 않았던 방문객처럼 찾아온다.

그 모두를 환영하고 맞아들여라.
설령 그들이 몰려들어
그대의 집을 마구 쓸어가 버리고
가구들을 모두 가져가도.
…
누가 들어오든 감사하게 여겨라.
왜냐하면 모든 손님은 저 멀리에서 보낸
안내자들이니까.

질랄 아드딘 무하마드 루미, 〈여인숙〉 중에서

인생은 짧고
월요일은 길지만
행복은 충분해

한 사람이 오는 것은, 한 사람의 일생이 오기 때문에
실로 어마어마한 일이라고 어떤 시인은 말했습니다.
다치고 부서지기도 했을 마음이 오기 때문이라고 했습니다.
나도 이 지구라는 집에 온 예기치 않은 손님입니다.
우리집에 온 손님이고요.
우리 모두 온전한 손님이 아니니 세상에 귀한 손님입니다.

해 지고
가을은 가고
당신도 가지만
서리 녹던 내 마음의 당신 자리는
식지 않고 김납니다.

●

김용택, 〈11월의 노래〉 중에서

인생은 짧고
월요일은 길지만
행복은 충분해

가을이고요.
빈 들판을 걷습니다.
태어나고 자란 곳에서 지금도 나는 살고 있습니다.
내 나이 아직 여든은 안 되었지만,
그 나이까지 내가 산다면
나는 그때도 지금 걷고 있는 작은 강길을 걸을 것입니다.
그때도 나는 식지 않은 그대의 따뜻한 자리에 앉아
시를 쓰고 있을 것입니다.

이곳에서 쓴맛 단맛 다 보고
다시 떠날 때
오직 이 별에서만 초록빛과 사랑이 있음을
알고 간다면
이번 생에 감사할 일 아닌가

●

황지우, 〈발작〉 중에서

인생은 짧고
월요일은 길지만
행복은 충분해

그때 뛰어가
사랑한다고 말했던
그 사람 이름이 생각날 때가 있습니다.
그때 그러길 잘했다는,
생각을 하며 웃습니다.

잊어버리세요, 꽃이 잊히듯이
잊어버리세요, 한때 타오르던 불꽃이 잊히듯이
영원히, 영원히 잊어버리세요.

시간은 우리를 늙게 만듭니다.
누군가 묻거든 대답하세요.
꽃처럼 불처럼 아주 예전에
눈 속으로 사라진 발자국처럼 잊었다고.

•

사라 티즈데일, 〈잊어버리세요〉

인생은 짧고
월요일은 길지만
행복은 충분해

먼 훗날 당신이 찾으시면
그때의 내 말이 잊었노라

당신이 속으로 나무라면
무척 그리다가 잊었노라

그래도 당신이 나무라면
믿기지 않아서 잊었노라

오늘도 어제도 아니 잊고
먼 훗날 그때에 잊었노라

●

김소월, 〈먼 후일〉

행복만을 바라보고 쫓아가는 것은
행복을 누릴 만큼 성숙하지 못한 것입니다
…

모든 성공을 단념하고
목표와 욕망도 다 버리며
행복이라는 이름을 붙이지 않을 때

그때 비로소 세상의 흐름이
당신의 마음에 부딪히지 않을 것이며
당신의 영혼이 안식을 찾게 될 것입니다.

헤르만 헤세, 〈행복〉 중에서

인생은 짧고
월요일은 길지만
행복은 충분해

행복할 때도 있었고 불행할 때도 있었습니다.
슬플 때도 있었고 기쁠 때도 있었습니다.
그렇게 한생을 살았습니다.
더 할 것도 덜어 낼 것도 없는 한생이었습니다.

우리의 신비한 세계를
아무런 대가도 없이 얻을 수는 없나니,
가시밭이든 또는 꽃밭이든
삶의 밭은
우리가 뿌리는 대로 거둘 것이니라.

요한 볼프강 폰 괴테, 〈삶의 밭〉

인생은 짧고
월요일은 길지만
행복은 충분해

여든여덟 우리 이웃집 당숙모는 평생 농사만 짓고 살았습니다. 올해도 강가 언덕 작은 밭에 들깨 씨앗을 뿌렸습니다. 호미로 땅을 파고 씨를 뿌리고 묻는 것을 보았습니다. 며칠 후, 땅바닥이 보이지 않게 새싹들이 돋아났습니다. 뿌린 대로 하나하나 일일이 다 돋아났습니다. 아침 이슬을 머금고 모두 용감하고 씩씩하고 희망차게 돋아나 있습니다.

함께 사는 것이 기뻐서
함께 늙는 것도 기쁘다
함께 늙는 것이 즐거워서
함께 죽는 것도 즐겁겠지
그 행운이 내게 오지 않을지도 모른다는 불안에
밤마다 몹시 괴로워하면서도

·

다니카와 슌타로, 〈함께〉

인생은 짧고
월요일은 길지만
행복은 충분해

"사랑하고, 감동하고, 희구하고, 전율하며 사는 것이다."

조각가 오귀스트 로댕의 말입니다.

이 말을 벽에 오래 붙여 놓고 살았습니다.

사랑이 없다면, 감동이 없다면, 희구하는 것이 없다면,

이것을 다 보탠 온몸이 떨리는 전율이 없다면, 그렇다면 그때는

그냥 죽어도 좋다고 생각하며 산 적이 있습니다.

그렇게 살았는지는 모르겠지만,

지금도 그 생각은 변함없습니다.

인생을 꼭 이해해야 할 필요는 없다.
인생은 축제와 같은 것.
하루하루 일어나는 그대로 살아가라.

•

라이너 마리아 릴케, 〈인생〉 중에서

90 ninety-year olds

아름답게 나이 들게 하소서
해야 할 좋은 일들은 너무나 많습니다.
레이스와 상아와 황금, 그리고 비단도
꼭 새것만이 좋은 것은 아닙니다.
오래된 나무에 치유력이 있고
오래된 거리에 영화가 깃들듯
이들처럼 저도 나이 들어감에 따라
더욱 아름다워지게 하소서.

칼 윌슨 베이커, 〈아름답게 나이 들게 하소서〉

인생은 짧고
월요일은 길지만
행복은 충분해

●
●

노을 지는 산책길 의자에
앉아 쉬는 당신 뒤로
그림자 길게 눕고, 새들은 집을 찾아 날아갑니다.
나무들은 당신의 하루에 고개를 끄덕이겠죠.
바람하고 하루를 살았던 풀잎들은
그림자를 길게 눕히겠지요.
어디를 보고 있나요.
누구를, 무엇을 생각하고 그리워하나요.
당신의 지금이,
당신이 만든 오늘의 풍경이 최고입니다.

하늘에 떠 있는 구름 아래를 지날 때 구름은 나를 불러
이렇게 말했네
인생은 별게 아니야 이렇게 허공을 떠도는 거야
너도 이렇게 정처 없이 떠돌아봐

김용택, 〈산〉 중에서

인생은 짧고
월요일은 길지만
행복은 충분해

우리는 '어느날'에 태어났고
어느날을 살아가고,
'어느날' 모든 것을 다 이루었고
어느날은 또 다 잃었습니다.
떠가는 구름만 하늘에 남겨 두고
모든 것들을 잃어버린
그 어느날이 늘 우리
가까이 있습니다.

평온하고 성숙하며 매우 냉철한 지혜의 눈으로
삶을 바라볼 때,
삶은 나에게 진실을 가르쳐준다.
그리고 삶이 젊음을 가져가기에 진실을 배운다.

●

사라 티즈데일, 〈지혜〉 중에서

인생은 짧고
월요일은 길지만
행복은 충분해

진실이란 무엇일까?

지혜란 또 무엇일까?

세상의 모든 말들이 내게 소용될 때도 있었고

세상의 모든 말들이 내게 소용이 없을 때도 있었습니다.

지금 내게 필요한 말은, 나를 정리해 줄 말은 어떤 말일까요?

지금도 내 모든 말들이 내게 해당된다면,

그렇다면 나는 아직도

책임질 내 생이 있다는 말입니다.

이번 생일로 내 나이는 아흔세 살이 되었다.
물론 결코 젊은 나이가 아니다.
하지만 나이는 상대적이다.

일에 열중하며
세상의 아름다움을 만끽하고 살아간다면,
사람들의 나이가 반드시
늙어 가는 것만을 뜻하지 않음을 알게 될 것이다.

나는 비록 아흔세 살이지만 사물에 대하여
전보다 더욱 흥미를 느끼기에,
나에게 인생은 더욱 매혹적인 것이 되었다.

파블로 카잘스, 〈인생은 매혹적인 것〉

인생은 짧고
월요일은 길지만
행복은 충분해

나무는 경계가 없어서

모든 것을 받아들입니다.

바람이 불면 바람 부는 나무가 되고,

달이 뜨면 달이 뜨는 나무가 됩니다.

세상을 받아들일 때만

새로운 세상을 그려 낼 수 있습니다.

나이가 아니라 삶이었습니다.

무엇이 무거울까?
바닷모래와 슬픔이.
무엇이 짧을까?
오늘과 내일이.
무엇이 약할까?
봄꽃과 청춘이.
무엇이 깊을까?
바다와 진리가.

크리스티나 로제티, 〈무엇이 무거울까?〉

인생은 짧고
월요일은 길지만
행복은 충분해

"배고플 때 지던 짐
배부르니 못 지겠네."
〈시인〉이라는 짧은 제 시입니다.
무엇이 인생이라는 무거운 짐을 짊어지게 했던가를
다시 생각하게 합니다.
배고플 때 짊어졌던 것이
하루 세끼 밥만은, 밥이 연명해 주는
목숨만은 아니었을 것입니다.

현재는
가지 않고 항상 여기 있는데
나만 변해서
과거가 되어가네

유안진, 〈시간〉

인생은 짧고
월요일은 길지만
행복은 충분해

그러게요.

그러게요.

그러게요.

그러네요.

한 사람도 빠짐없이 모두가 다,

그러네요.

인생은 사람들 말처럼
어둡기만 한 것은 아닙니다
아침에 내린 비는
화창한 오후를 선물하지요

때론 어두운 구름도 끼지만
모두 금방 지나간답니다
소나기가 와서 장미가 핀다면
소나기 내리는 것을 슬퍼할 이유가 없지요

인생의 즐거운 순간은 그리 길지 않아요
고마운 마음으로 그 시간을 즐기세요

샬롯 브론테, 〈인생〉 중에서

노인은 시간의 비밀을 알고 있다.

사람의 힘으로는 해결 못 하는 일들을
시간이 해결해 주는 일들이 가끔 있다.

찰스 슈와프, 〈서두르지 마라〉 중에서

인생은 짧고
월요일은 길지만
행복은 충분해

아흔다섯 우리 어머니는 내가 힘들 때마다
이렇게 말했습니다.
사람이 살다 보면 별일이 다 있단다.
그러나 살다가 보면 뭔 수가 있단다.
'수'라는 말을 한자로 찾아보았더니
'목숨 수(壽)'자였습니다.
그 한목숨이 여기까지 온 것이지요.

가장 훌륭한 시는 아직 쓰이지 않았다.
가장 아름다운 노래는 아직 불리지 않았다.
최고의 날들은 아직 살지 않은 날들.
가장 넓은 바다는 아직 항해 중이고
가장 먼 여행은 아직 끝나지 않았다.

나짐 히크메트, 〈진정한 여행〉 중에서

인생은 짧고
월요일은 길지만
행복은 충분해

나는 시를 쓴다기보다 시를 그리는 편입니다. 나뭇가지에 하얀 눈을 가득 안고 있는 웅달 속 나무들은 아름답습니다. 그런 모습은 오래오래 내 가슴에 그려져 있다가 어느 날 문득 시가 됩니다. 그 어느 날이 어느 날일지는 나는 모릅니다. 그러므로 시인은 오래 기다릴 줄 아는 사람입니다. 그 기다림이 오랜 세월 가슴에 묻혀 있다가 시로 살아납니다. 시인에게 죽음은 없습니다. 다만 쓰지 못할 뿐입니다.

모든 생명이 나와 조화를 이루고
모든 소리가 내 안에서 합창을 하고
모든 아름다움이 내 눈에 녹아들고
모든 잡념이 내게서 멀어졌으니
오늘은 죽기 좋은 날.

작자 미상, 〈오늘은 죽기 좋은 날〉

인생은 짧고
월요일은 길지만
행복은 충분해

백 살이 되어도, 내가 그 나이까지 산다 해도
나는 죽기 싫을 것입니다.
읽을 책도 많고, 쓸 시도 많고
새들과 바람과 비와 눈송이들과 아침과 저녁이
저렇게 빛나고 봄 산에는 꾀꼬리가 날아와 울어 댈 텐데,
그때도 저렇게 새벽달이 아름다울 텐데,
내가 어찌 눈을 감겠습니까?

내가 잃은 것과 얻은 것
내가 놓친 것과 이룬 것
저울질을 해보니
자랑할 게 없구나

나는 알고 있다
많은 날을 헛되이 보내고
나의 좋은 의도는 화살처럼
과녁에 닿지 못하거나 빗나가버린 걸

헨리 워즈워스 롱펠로, 〈잃은 것과 얻은 것〉 중에서

"바람 부는 나무 아래 서서

오래오래 나무를 올려다봅니다.
반짝이는 나뭇잎 부딪치는 소리.

그러면,
당신은 언제나 오나요."

김용택의 시 〈그러면〉

이 시를 100년을 산 당신에게 드립니다.

LIFE

MONDAY

HAPPY

이것은 나의 인생

나는 평생 강을 보며 살았다. 강물을 따라왔던 것들은 눈부셨고, 강물을 따라가 버린 것들도 눈부셨다. 아침 강물은 얼마나 반짝이고 저문 강물은 얼마나 바빴던가?

살아오면서 나는 흐르는 강물에서 달빛 한 조각 건져내지 못했다. 외롭고, 적막했던 세월, 내 발소리를 들으며 타박타박 걸었던 길들, 나는 풀꽃이 진 자리에 앉아 산그늘로 뜨거운 내 나이를 덮어 식혔다.

인생은 짧고
월요일은 길지만
행복은 충분해

어느 날 강을 건너다 뒤돌아보았더니 내 나이 서른이었고, 앉았다 일어나 보니 마흔이었고, 감았던 눈을 보니, 나의 인생은 또 어느 시간을 지나고 있었다.

흐르는 강물 앞에 어찌 인생을 묻고 답하겠는가.
그냥, 살았다.

시인
이름으로
찾기

인생은 짧고
월요일은 길지만
행복은 충분해

인생은 짧고
월요일은 길지만
행복은 충분해

수록된 시의 출처

21문학과문화

김마리아, 〈늦게 피는 꽃〉, 《구름씨 뿌리기》, 2004

문학과지성사

최승자, 〈마흔〉, 《내 무덤, 푸르고》, 2001

이병률, 〈찬란〉, 《찬란》, 2010

정현종, 〈지난 발자국〉, 《그림자에 불타다》, 2015

장승리, 〈체온〉, 《무표정》, 2021

황지우, 〈발작〉, 《어느 날 나는 흐린 酒店에 앉아 있을 거다》, 1999

문학동네

이문재, 〈농담〉, 《제국호텔》, 2004

김용택, 〈산〉, 《그래서 당신》, 2006

문학세계사

김종해, 〈그대 앞에 봄이 있다〉, 《그대 앞에 봄이 있다》, 2017

비룡소

유강희, 〈무지개 뜨면 좋겠다〉, 《지렁이 일기예보》, 2019

인생은 짧고
월요일은 길지만
행복은 충분해

북로그컴퍼니

나태주, 〈세상 일이 하도 섭해서〉, 《너만 모르는 그리움》, 2020

샘터

정채봉, 〈엄마가 휴가를 나온다면〉, 《너를 생각하는 것이 나의 일생이었지》, 2020

서정시학

유안진, 〈시간〉, 《둥근 세모꼴》, 2011

수오서재

김재진, 〈나이〉, 《산다고 애쓰는 사람에게》, 2018

시인생각

신달자, 〈참된 친구〉, 《너를 위한 노래 : 신달자 시선집》, 2012

오세영, 〈원시遠視〉, 《천년의 잠》, 2012

시학

유자효, 〈속도〉, 《심장과 뼈》, 2013

영림카디널

엄기원, 〈혼자 있을 때〉,《고학년이 참 좋아하는 동시 123》. 2006

오비올프레스

전윤호, 〈서른 아홉〉,《연애소설》, 2017

지식을 만드는 지식

김원석, 〈아가의 얼굴〉,《김원석 동시선집》, 2015

박목월, 〈아기의 대답〉,《박목월 동시선집》, 2015

박목월, 〈엄마하고〉,《박목월 동시선집》, 2015

좋은생각

정용철, 〈이것 하나만으로도〉,《마음이 쉬는 의자》, 2002

창비

김용택, 〈처음은 다 환했다〉,《키스를 원하지 않는 입술》, 2013

김용택, 〈그랬다지요〉,《그 여자네 집》, 1998

김용택, 〈건널목〉,《울고 들어온 너에게》, 2016

곽재구, 〈스무 살〉,《참 맑은 물살》, 1999

이면우, 〈오늘, 쉰이 되었다〉,《아무도 울지 않는 밤은 없다》, 2001

인생은 짧고
월요일은 길지만
행복은 충분해

카드들

윤보영, 〈어쩌면 좋지〉, 《커피와 시와 사랑 그리고쓰다》, 2016

푸른숲

김용택, 〈11월의 노래〉, 《그대, 거침없는 사랑》, 2002

김용택, 〈인생〉, 《그대, 거침없는 사랑》, 2002

푸른책들

이준관, 〈밤을 무서워하는 아이에게〉, 《내가 채송화꽃처럼 조그마했을 때》, 2006

작가

신새별, 〈매달려 있는 것〉

* 이 책에 실린 시 일부와 전문은 '한국문학예술저작권협회'와 '사이저작권에이전시', 출판권을 가진 출판사, 작가와의 연락을 통해 저작권자의 동의를 얻어 수록했습니다.

인생은 짧고
월요일은 길지만
행복은 충분해

시인 김용택의 인생 100시, 삶이 모여 시가 된다

초판 1쇄 발행 2022년 7월 18일
초판 2쇄 발행 2023년 1월 20일
지은이 김용택
펴낸이 배민수, 이진영
기획·편집 밀리&셀리
본문 일러스트 신진호 외
본문 디자인 정현옥
마케팅 태리
펴낸곳 테라코타 **출판등록** 2022년 6월 7일 제2022-000184호
주소 서울특별시 강남구 남부순환로 2921, 164호
메일 terracotta_book@naver.com
인스타그램 @terracotta_book

ⓒ 김용택, 2022
ISBN 979-11-979159-0-1 03810

테라코타는 MJ 스튜디오의 출판 브랜드입니다.